粘貼式插圖的裝訂說明

在二十世紀初左右，由於彩色印刷所需要的紙質和顏料所需要的技術與成本的限制，因此書商針對某些值得珍藏的書籍常常採取一種，將插畫或圖表與其他頁面分別進行印刷，之後再以手工粘貼（tipping in）來裝訂的方式，這樣不僅可大幅降低出版的成本，同時也增加了書籍整體的價值和美感。

U0027230

前人進行這種粘貼，通常是在插圖的背後沿著上端塗上薄薄一層膠水，再工整地粘貼到相應的圖版頁面上。如此，這些插圖未來還可與書籍本身分開來利用，例如獨立裝裱成小型掛畫。有時，書商針對這些插圖也會個別附上薄紙來加以保護，以減少磨損或折損。

針對本書《日之東・月之西》，這樣一本黃金時期的經典插畫書，我們希望盡可能讓讀者體會自行粘貼插圖的工藝樂趣，也希望盡可能保留作為一本古書的初版（一九一四年）的雋永韻味；因此採取了這種特別的裝訂方式。

1. 沿著圖片邊緣裁切。

2. 將圖片粘貼至書本體內頁對應頁碼。

王子在水面上看見拉西美貌臉龐的倒影，發現了坐在樹上的拉西。（〈拉西與她的教母〉）

在漆黑寒冷的夜晚，來到窮苦農夫家的一隻巨大白熊，有禮地要求農夫以最美麗的小女兒換取全家人的富裕生活。小女兒在父親的勸說下，不得已答應與白熊一起離開。在月光照耀之下，她騎上了白熊的後背，白熊讓她抓緊自己的皮毛，安慰她說沒什麼好怕的，一人一熊踏上旅途。

女聽了母親的建議，在回到城堡的當天晚上，點燃蠟燭想看看每晚睡在身邊的究竟是人還是山
。她看見的是一位英俊優雅的王子，也深深愛上了他，卻因手上蠟燭的蠟油滴落而驚醒了對方。
子指出繼母對自己下了詛咒，讓他白天化身為白熊，夜晚恢復原來面貌，但如今卻一切都毀了。
子必須離開她回到那位在日之東、月之西的城堡，迎娶容貌醜陋的長鼻公主。少女心痛地緊握著
子的手，問王子能不能告訴她是否有解救他的方法。

隔天清晨她醒來時，發現白熊、城堡和王子全都消失了，只剩下自己身處在一片幽暗深邃的森林之中。少女只能坐在那裡，忍不住地開始痛哭，之後才重新鼓起勇氣踏上尋找王子的旅途。

046

在路上，少女遇上了老婆婆，她讓少女去向東風問路；東風又帶她去問西風；西風又讓她去見南風。最後當來到北風家時，北風說他知道路，還願意帶她到那兒去。北風呼風喚雨，帶來一場暴風雨，使狂風大作、海濤洶湧，然後將少女拋擲在日之東、月之西的城堡。

女成功解救了王子，兩人釋放被囚禁的基督徒們，然後帶上金銀財寶，一起騎上一匹馬飛離那日東、月之西的城堡，愈飛愈遠。

乞丐兒子懲罰了母親和山怪之後，就遠航到阿拉伯去找公主，並且為了掩飾自己而偽裝成一隻白熊混入王宮。當他現身在公主面前，兩人都感到無比的喜悅。

穿白色襯衣的牧羊女，初次遇上鱗蟲，鱗蟲蜷起身來圍繞著她。牧羊女之所以面無懼色，是因為
獲得了女巫的指示。

089

一對窮人夫婦因為沒錢讓剛出世的女兒拉西受洗，因此他們同意一位貴婦的要求，以將女兒交給祂撫養作為條件，好讓拉西得以受洗。女兒漸漸長大後，有一次教母得出遠門，禁止拉西進入房子內的一些房間。圖中是，拉西按捺不住好奇心，想要偷窺——唰！月亮從門縫中溜走了。

096

拉西先後因好奇心而讓星星、月亮和太陽都溜走了，教母已無法再原諒拉西的第三次過錯。拉西不只被驅逐家門，還變成了雖有美貌卻不能說話的女子。她流浪來到一處瀑布，並爬上了旁邊的一棵樹。一位王子在水面上看見拉西美貌臉龐的倒影，發現了坐在樹上的拉西，就哄她下來將她帶回家去。

拉西的教母對拉西說：「這些就是妳的孩子，現在妳可以再次擁有他們。我是聖母瑪利亞，曾經感受過與妳相同的悲傷，就在妳放走了太陽、月亮和星星的時候。 現在，妳已經為妳所做的事受過懲罰了，今後妳也可以再次恢復說話的能力。」

圖中的年輕人是漁夫的兒子，他和父親去釣魚時被海浪沖到名為「白境」的地方，少年遇見了一位老人，老人說他會在路上遇見三位公主，她們的身軀都被埋在土裡，只有頭頸露出來。他又告訴少年，不要聽將遇見的前兩位公主的請求，而要聽從最後的，也是最年幼的公主的話，才會為他帶來好運。

年輕人拯救了公主們，並和最年幼的公主結婚，成為了白境的青年國王。一段時間後，青年國王想回家探親，卻不聽從妻子的警告而浪費了向魔戒許願回白境的機會。於是，青年國王就開始了漫長又曲折的旅程。他艱辛地在冰天雪地裡行走著，用盡各種方法希望找到能夠回白境的路，而腳上所穿的就是從百獸的主人那裡借來的雪鞋。

113

青年國王回到白境後，連王后甚至都認不出他來了，因為經過這麼長久的遊蕩和悲傷，他是如此蒼白和消瘦。當他拿出戒指給她看時，她認出了他，而且很高興地接受了。兩人最後又再次結婚，幸福地生活下去。

117

個生了七個兒子的國王，當王子們都長大以後，六位較年長的王子出發去拜訪鄰國，各自想尋一位公主作妻子，只有最年幼的王子留下陪伴父親。國王讓他們分別穿上了最華麗的衣裝，騎駿馬啟程遠行。

斯王子在出發去尋找巨人的心臟以前，和公主依依不捨，因為他們倆都陷入愛河裡。在巨人家門前，他們手牽著手、相互告別，而野狼就在外面默默地等候著。

六位王子和六位公主都一起被巨人變成石頭了。布斯王子知道了以後，為了解救他們而詢問了同樣受困的公主。公主用計騙巨人告訴她自己的心臟藏在哪裡。原來是在一座島上的一座教堂裡頭的一口井裡，有一隻在井中游泳的鴨子，牠所下的一顆蛋，巨人的心臟就藏在那顆鴨蛋中。圖中是布斯王子在野狼的幫助下，終於來到了教堂。

寡婦的兒子長大後，為了尋找生計而出外。他剛出發不久，就在路上遇見了一位陌生人。他問少年，要去哪裡？少年回答說要找工作。於是，陌生人問他願不願意為他工作，少年很愉快地答應了。

少年放走了山怪所囚禁的黑馬，然後騎上牠一起逃走。在路上，黑馬一直都要求少年朝後觀看留意後方。只是，山怪和突如其來的大軍還是追上來了。

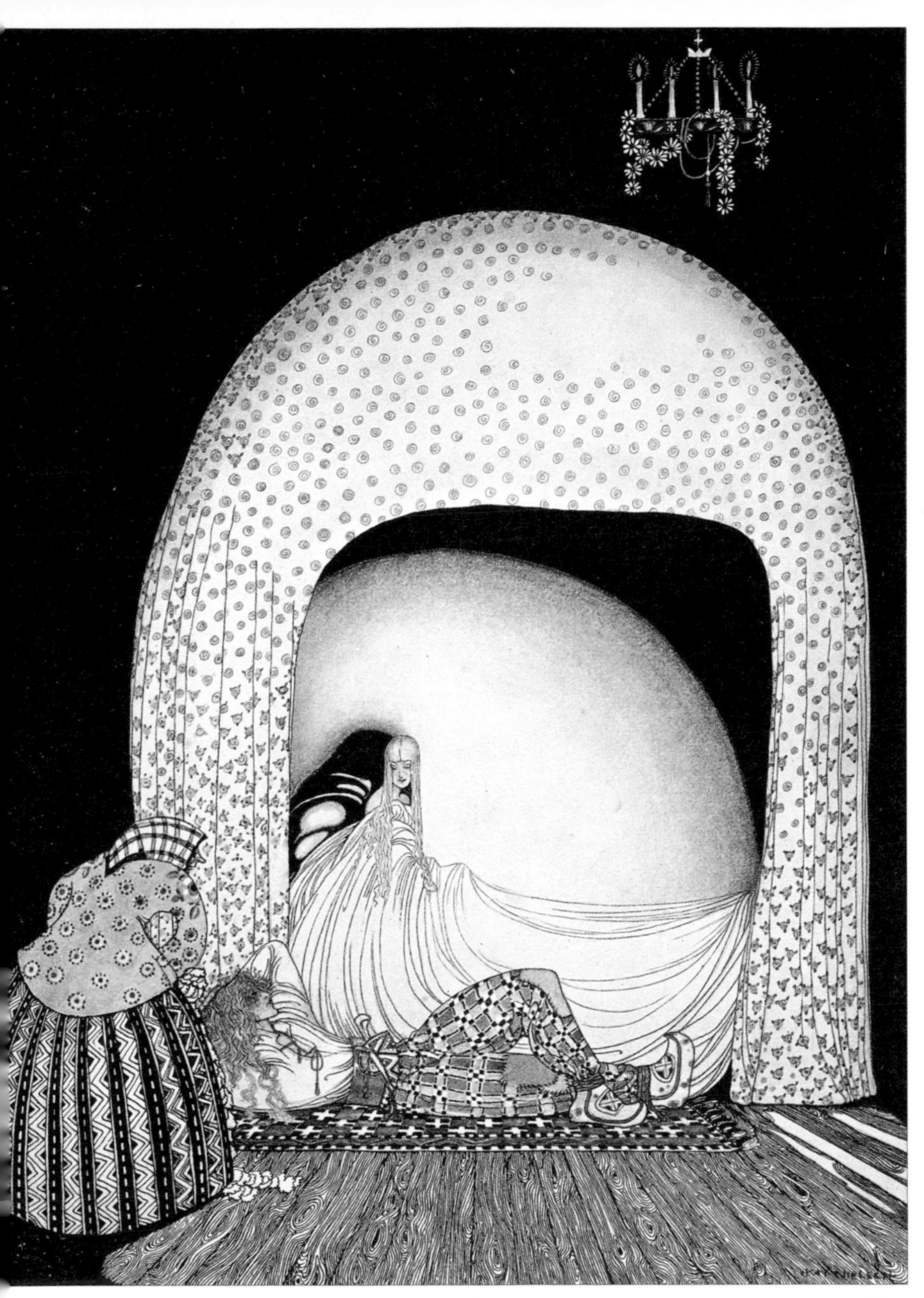

公主偶然看見了少年脫下假髮的樣子，竟是一位無比英俊的年輕人。公主問園丁為何少年獨自睡在別墅的樓梯下，園丁回答沒有人願意跟他一起睡。於是，公主命令少年晚上到她的臥室去睡覺。圖中是公主要女僕趁年輕人沉睡之時，拿掉那頂難看的假髮。

事爆發以後，少年自願從軍。但每次都等到所有人出陣後，他才召喚黑馬前往，然後在每次的戰中都為國王挽回頹勢。少年身穿盔甲、手執大斧，衝向敵軍，但無人能認出這位勇士究竟是誰。

主們就在小公主快滿十五歲的前幾天，因為嚮往外頭美麗的世界，於是在父王和母后外出時，
求守衛放她們在院子裡玩一會兒。結果，就在她們想要採摘一朵在草地上的玫瑰花時，隨風吹
的一個大雪堆，把公主們都捲走了。

長、軍官和士兵三人出發去尋找公主。在各種歷險之後，士兵在一座宮殿裡發現了公主。公主他趕緊躲起來，因為有三顆頭顱的山怪就要回來了。公主讓山怪躺下來，然後幫他搔搔頭，山就這樣舒服地睡著了。

兵將山怪們殺死之後，公主們都獲救了。在洞口上面的隊長和軍官將公主一位接著一位拉了上
。但排在最後面的公主，也是最年幼的公主，不斷看著後面，因為士兵還沒有上來。士兵排在
後上來，隊長和軍官不僅置士兵不顧，甚至還想摔死他，事後還威脅公主們必須隱瞞此事。

在洞穴底下的士兵活了下來，他在找尋如何回到地面上的路時發現了一支哨子。當他一吹哨，立刻就聽到從各個角落傳來了颼颼聲和呼呼聲，接著有一大群的鳥飛了下來，牠們遮蔽了每個角落。

175